遇见另一个自己

Meet another me

印熹 / 著

广东人民出版社
· 广州 ·

图书在版编目（CIP）数据

遇见另一个自己 / 印熹著 . — 广州：广东人民出

版社，2022.07

ISBN 978-7-218-15582-1

Ⅰ . ①遇… Ⅱ . ①印… Ⅲ . ①散文集－中国－当代

Ⅳ . ① I267

中国版本图书馆 CIP 数据核字（2021）第 263195 号

YU JIAN LING YI GE ZI JI

遇见另一个自己

印熹 著

出 版 人：肖风华

项目监制：高　高
责任编辑：马妮璐
责任技编：吴彦斌　　周星奎
装帧设计：米星 STUDIO
　　　　　231742409@qq.com

出版发行：广东人民出版社
地　　址：广州市大沙头四马路 10 号（邮政编码：510102）
电　　话：（020）85716809（总编室）
传　　真：（020）85716872
网　　址：http://www.gdpph.com
印　　刷：北京博海升彩色印刷有限公司
开　　本：710mm×1000mm　　1/16
印　　张：12.5　字　数：100 千
版　　次：2022 年 7 月第 1 版
印　　次：2022 年 7 月第 1 次印刷
定　　价：78.00 元

如发现印装质量问题，影响阅读，请与出版社（020-85716849）联系调换。
售书热线：（020）87716172

目录
Contents

爱情
没有期限

少年初恋，将爱情就

初恋情绪
人情待将
等待情待
坏力待
努力期待
期待雪的吧
初雪的事
生活的事

1

少年

自由有时候是件很遥远的事情，阳光折射下来，

自由就像泡沫，一触就破。

十六岁时的白色百褶裙，冒着气泡的汽水，少年清澈透明的眼睛，

还有墙头慵懒晒太阳的猫，都好像永远停留在了定格的画面里。

布料怎样滑过身体，岁月就怎样滑过你，

有时候很粗粝，有时候轻轻不值一提，

还不等你抓住，整个人都已无所遁形。

脑海中的种种思绪，没人说，就会如尘埃般轻轻漂浮起来，

你被裹在其中，有种浮世即将腐朽的寂寞。

时间是安静的，空气中飘荡着栀子花香。

少年的轮廓慢慢消失在人群中，原来，真正的难过是流不出眼泪的。

2

初恋

小时候总盼望长大，长大了却念念不忘那无忧无虑的童年。

每晚都要翻那本破旧不堪的童话故事书才肯乖乖睡觉，

长大后才明白童话是写给小孩子看的，美好而真实。

而最纯洁的爱情，大抵都是童话里的，

灰姑娘晶莹剔透的水晶鞋，白雪公主得之不易的那一吻，

王子和公主最终幸福美满在一起。

美好的爱情像童话般让人充满了期待。

在情窦初开的年纪，总幻想着白马王子来拯救自己那平淡无聊的生活。

在阳光绚烂的午后，或者是沾着露水的清晨，或是某个放学的路口，

一封情书，一支玫瑰，第一次触碰指尖，美好的一切如梦幻一般，

然而却在无情的嘲笑和讽刺中戛然而止，也许美好只是幻想罢了。

长大后，收到花的次数越来越多，越来越精致，可也越来越不喜欢。

也不知道为什么，就是不喜欢。

人生哪有那么多道理可讲，不喜欢就是不喜欢，不解释不争辩。

王尔德曾说：人的一生只有两大悲剧，一是得不到自己想要的，二是得到了。

3

爱情

十八岁时，会为了某个人排队买演唱会门票彻夜不归。

二十五岁时，穿过嘈杂的人群，在意的却是手里的咖啡是否还有余温。

而如今快三十，又开始向往那童话般美好的爱情。

而爱情这种东西，就像鲱鱼罐头会过期一样。

不管是什么时候打开，它的味道都让人眼冒泪花。

还记得那个出轨无数次的他问我：我值得你这么爱吗？

爱情哪有什么值得不值得，只有愿不愿意，甘不甘心罢了。

爱得越深，越在劫难逃。

很多人问要怎么才能忘记一个爱过的人？

为什么要忘呢？

越想忘，越是忘不掉了。

4 / 人生

北野武说：虽然辛苦，我还是会选择那种滚烫的人生。

所以在快三十岁时，我毅然决然选择出国留学。

我不知道这条路是否正确，

但是我对未来充满了期待、热情和憧憬。

即使只有百分之一的机会，我都会去试试。

失败了，还可以从头再来。

你永远不知道意外和死亡哪一天会先来。

生活也永远不会像电影里那么精彩，但是你要去试试啊！

就像李宁的广告语——一切皆有可能。

5 / 不将就

朋友失恋的时候，哭得撕心裂肺，感觉世界末日来了。

可每次让我最难过的从来都不是失恋，

是爱而不得，是欺骗，是背叛……

有时候在想为什么明明那么相爱却最终还是分开。

后来发现两个特别爱的人在一起，是会阻碍彼此个人发展的。

你太爱那个人，就会失去了自我，变得不再是原来那个自己，

等这段感情结束的时候你才松一口气，原来无爱一身轻。

爱情没有办法像天秤一般，

要么爱，要么不爱，没有将就！

6

等待

你有没有等过一个人，从黄昏到日落。

太阳下山的时候，夕阳的余晖迸发出很迷人的彩色，

天空如同被打翻了的颜料罐，仓皇地绚烂着。

如同明明知道有的人等不来，却依旧坚定站在原地……

奥运会德国举重冠军，一手举金牌，一手拿着自己已故老婆的照片，

那一幕让人泪流满面，浪漫而伟大的爱情永远出现在别人故事里。

而每一份真挚的爱情，人们往往总在失去后才后悔莫及。

每当有人问起："你会选择爱你的，还是你爱的人"，我都嗤之以鼻。

不管怎么选择，总会有人受伤，谁先认真谁就输了。

爱你的和你爱的，都不如那个永远不会离开你的。

但谁会永远不离开呢？永远是有多远？

一条路长长的，一个人在这头，一个人在那头，中间是不知尽头的等待。

7

坏情绪

雨天真的有一股魔力，懒懒地躺着，Netflix 的剧一部部追着，吃着最爱的零食。

如果有个伴，那世间最美好的事不过如此。

没有也没关系，每一个漫漫长夜都是如此的寂寞，

慢慢习惯，慢慢爱上，慢慢享受。

当被坏情绪左右的时候，会一集集重温《破产姐妹》。

就像主人公 Max 一样，从不相信感同身受，唯有自渡。

终有一天，你会学会眼泪往心里流。

当然，也期待会有一个 Caroline 那样的姐妹，

也是想想罢了，事实证明这辈子都不太可能有。

8

努力吧

世间上没什么运气，只有努力。

成功了的人才说自己靠的是运气。

有时候你就是要做些接受不了的事，这就是成长的代价。

梦想就在当下，何必要等以后呢！

9

期待的事

和喜欢的人一起旅行，等待日出，拥抱，在海边散步，
有时候会偷偷在沙滩写下他的名字。
看到日落、蓝天、可爱的小狗狗，就迫不及待分享给他，
夜里偷偷计划着你们的未来，慢慢喜欢一个人是一件很浪漫的事。

10

初雪

北方的冬天干涩而阴冷，唯一让人兴奋的是圣诞节来临之际的初雪。

每一次初雪，都会像个孩子一样，开心地跑去雪地玩雪。

韩剧里总把初雪当作美好爱情的象征。

相传，如果恋人一起看初雪，就会永远幸福地在一起。

或是在初雪时遇到另一半，他（她）就是你的真命天子（天女）。

浪漫的剧情不会在生活上演，现实就是现实。

11

生活

如果说生活给了你一颗最酸涩的柠檬，你是否可以把它做成一杯甘甜的柠檬汁？

—— *This is us*

2 第二画

等一个人，从黄昏到日落

真正的幸福　回不去了　回忆的人　味道的人　爱的方式　合适的方式　一个人的爱　那年冬天的电影　大海　你微的爱　卑微的爱　他爱你吗

12 / 他爱你吗

木心说：一个爱我的人，如果爱的讲话结结巴巴，语无伦次，我就知道他爱我。

一个爱你之人，迟钝是他的表白，羞怯是他的心跳。

阿兰·德波顿也曾讲过：拙于言辞，反而可以证明其真情实意。

真正的爱里是掺杂着惧的，每个人在爱情里面，都是无意识的讨好主义者。

怕对方不满意，怕对方不开心，过度多关心都变成了甜蜜负担。

所以，一个人爱不爱你，你是知道的，只是有些人喜欢欺骗自己罢了。

13

卑微的爱

喜欢一个人逛街、看电影、旅行，到处走走停停。

走路可以让人有更多的时间思考，去清醒。

可执迷不悟的时候，走再多的路可也无药可救。

有次穿高跟鞋跟着他走了将近三公里，他心情不好在前面慢悠悠走着，

初秋的晚上微风凉凉的，不擅长穿高跟鞋的我的小腿已经麻痹，

他头也不回地一直走到了家，上楼呼呼大睡。

我扔掉那双高跟鞋，看着扭曲的双脚，心里依旧担心着他，

原来爱一个人真的可以卑微到尘埃里。

14

你

渴望是你，又害怕是你；

庆幸是你，又遗憾不是你；

如果可以从来，希望还能遇到你；

下一次遇到你，决不会以这种方式去爱你。

也不知道你现在过得怎么样，希望你真的幸福吧！

我曾经很喜欢你，当时我就知道也许我们不会在一起，可我还是喜欢。

那种很喜欢又不想放弃的感觉太难受了，

直到你不再抱有任何幻想。

/
15
/
/

大海

面朝大海，春暖花开，从明天起，做一个幸福的人。

初次读海子这首诗就被迷住，大学毕业第一件事就是坐着火车奔向有海的城市。

火车上，遇见相对而坐的情侣。

手拉着手，仿佛有全世界最多的话藏在心里。

女孩子泛红的脸，男孩子闪光的眼。

这时会想到莎翁《罗密欧与朱丽叶》。

爱才是生命，然后生命才能爱。

如愿以偿地见到了向往已久的大海，踩着软软的沙子，慢慢享受着每一次海浪的亲吻，

像个孩子一样忘记了所有的烦恼。

那以后，每年都会去有大海的城市。

中国的亚龙湾、北海、金沙滩，

泰国的普吉岛、苏梅岛，

马来西亚的亚庇，

印尼的巴厘岛，

意大利的五渔村，

埃及的红海、亚历山大港，

还有马尔代夫，

每一次都会给你不同的震感，每一次都让你如初恋般的迷恋这片蓝色海域。

看海的人怎么可能只是在看海！

16

那年冬天

那年冬季，

直到等到一月，

还是没有雪。

天空像是被时间冰冻一样，

除了冷，毫无反应。

汽车，人群，霓虹灯，高高的广告牌
在路边屹立着。

风吹得很大，

将围巾掀起。

嘴里呼出白气，

只有夜色奔袭而来。

街头相拥的情侣在人来人往中，
显得格外地刺眼。

这世界那么多人，

多幸运，你还拥有你们。

17

一个人的电影

第一次尝试自己一个人看电影，找了偏僻靠后的角落。

观察别人是件有趣的事。

有人哭，有人笑，有人自拍，有人睡觉，

有人面无表情，有人窃窃私语，有人耳鬓厮磨，

但是否有个人和你一样心灵相通？

影片开始，你们没有交集。

影片结束，更不会有。

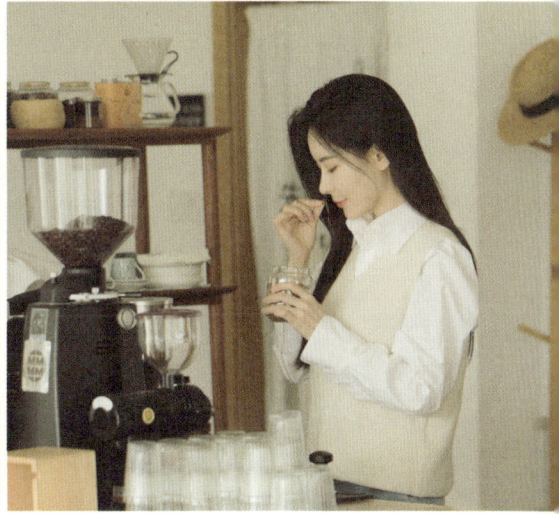

18

合适的爱

情侣之间一定要一起旅行一次，

就能确定你们是否真的合适。

旅行中充满了太多但不确定性因素。

一个男人是否爱你，包容你，也在旅行中可以考验。

丽江古镇的日出格外的美。

独自坐在阁楼，喝着咖啡，看着太阳一点点升起，

内心平静而感动，日出三竿，

他才懒懒起床，嚷着饿了，

那一刻，你就知道你们是两条平行线，永远无法有交接点。

19

爱的方式

朋友经常说你的爱太奇怪了，太纵容对方，

导致对方肆无忌惮地践踏你们的感情以及你的尊严。

可喜欢的时候就是想什么都给他，想对他好，心疼他，想保护他，

不忍心他吃一点点苦，貌似很大女人主义。

每个人爱的方式都不同，骨子里觉得男女是平等的，

谈恋爱时，女生照顾男生，

给他买礼物，吃饭买单，讨厌 AA，

对朋友也是，能自己买单坚决不会让别人买。

对钱一直没有什么太大的欲望，家人、爱人、朋友永远都比金钱重要，

谁需要的时候我都会去帮助他们。

钱没了，可以再赚。

人没了，心没了，只剩下皮囊，就真的一无所有了。

20

味道

人和人在一起，需要运气。

可以更长久在一起靠的是智慧。

天秤座的我，真的很在意小细节，

也许每个女孩子都在意。

如果喜欢的人穿了干净得体的衣服，

身上有好闻的味道、没有胡茬，就真的会很加分。

喜欢沉沉的木质香，有种凝神静气的安静感。

后来分开，被他拥抱过的大衣还残留着些许味道。

21

回忆的人

有一天你突然会明白，不是拼命对一个人好就会得到你想要的回应，

也不是没有了谁就一定活不下去。

总有一天，你会云淡风轻地说起那些往事，

笑着回忆当初那个傻傻的自己。

回忆是美好的，

可每个人都会变，不管是爱情还是友情。

所以，回忆里的人是不能见的。

见了，回忆就没了。

22

回不去了

越长大越明白一个道理，有些事情光努力是没用的，

不管是爱情还是友情。

有些人，是真的很努力去对他们好。

可惜的是，人都是很贱的，

你对他越好，他越不珍惜，等到失去才后悔莫及。

还记得分手后的那几年，每年都能收到前任的生日祝福，

期间也表达了想和好的念头，可是再也回不去了。

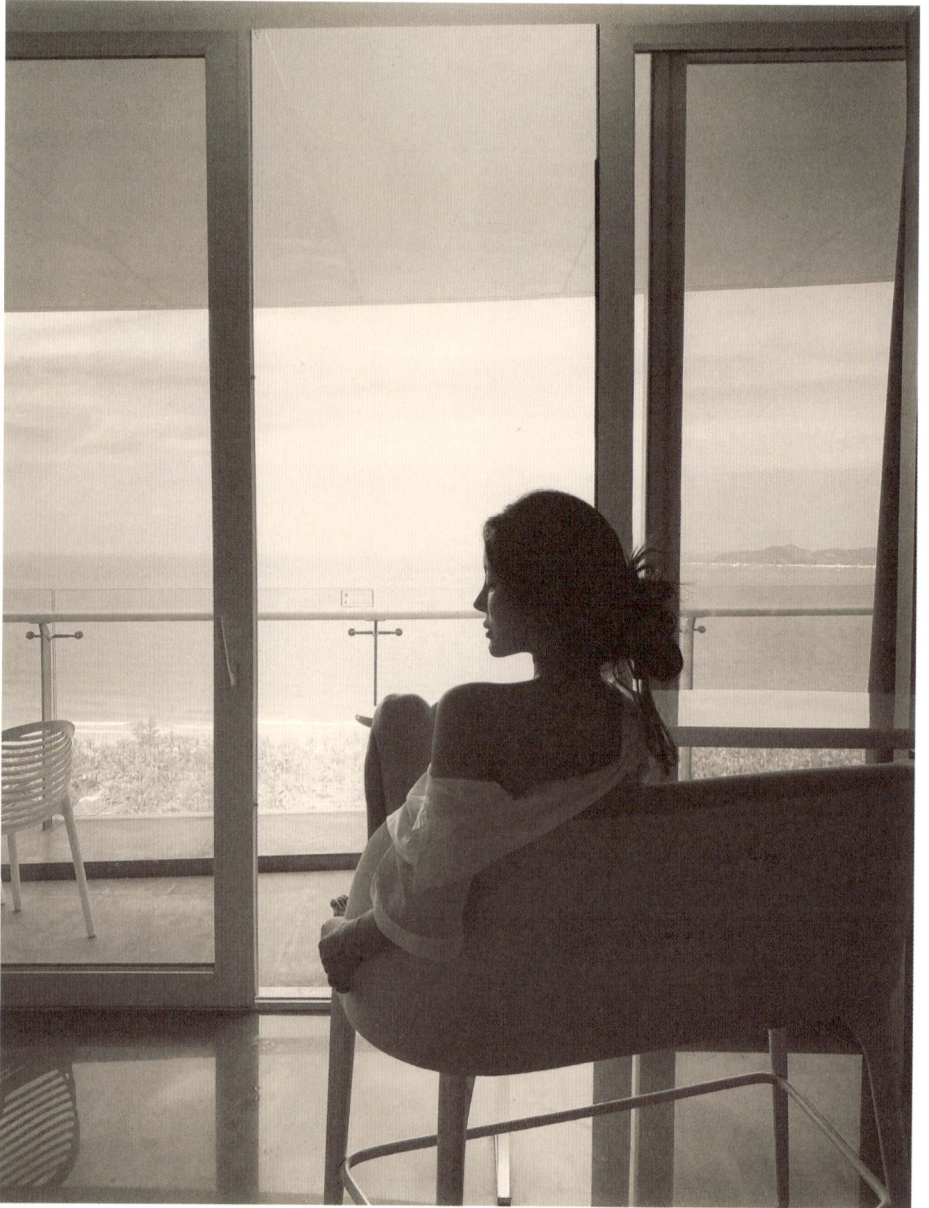

23

真正的幸福

人生三大幸事：被理解、被惦记、被爱。

每一件都是顶级奢侈品。

美国《华盛顿邮报》评选出世界十大奢侈品，

竟然完全无关金钱：

生命的觉悟；

一颗自由、喜悦与充满爱的心；

走遍天下的气魄；

回归自然；

安稳而平和的睡眠；

享有真正属于自己的空间与时间；

彼此深爱的灵魂伴侣；

任何时候都有真正懂你的人；

身体健康，内心富有；

能感染并点燃他人希望。

希望每一个人都能幸福，都能被温柔对待！

③ 第三画

让你过的每一天，
都值得记忆

								你	遗
生	爱	星	致	期	秘	旅	烟	那	在	憾
命	啊	座	青	待	密	行	花	个	哪
的			春					他	里
回								
响								

24

遗憾

从小就被父母教育，幸福的标准不是拿金钱来衡量。

可如今的社会，所有的一切都被加上了砝码。

同甘的人很多，可有几个愿意共苦？

慢慢大家追求的更是踏实和靠谱的恋爱关系。

简单的陪伴，无条件的信任，在乎与理解都变得无比的珍贵。

偏爱、忠诚、细节、例外更是心动的理由。

陈奕迅的《红玫瑰》唱到：得不到的永远在骚动，被偏爱的都有恃无恐。

最终，有些人会因为廉价的新鲜感丢掉了陪伴很久的人。

其实，无论怎么选择，人都会有遗憾。

25

你在哪里

看到日落时，你会想起我吗？

下一个夏天，我们还会见面吗？

你知道大海为什么是蓝色吗？

到底什么样的爱情才能走到最后呢？

总有一天，你不再需要疯狂真挚的爱情，

而是需要一个永远不会离开你的人。

真正爱你的人怎么会选择离开呢！

26

那个他

欧洲的夜晚，泰晤士河上船来船往，

偶有游客站在船头仰望。

霓虹灯的淡黄降落在宁静的夜。

岸堤上的路灯点点，穿过一个又一个长长的街道。

随处可见席地而坐的路人，

他们聊天、拥抱、休憩。

秋叶一片片落地，时间都慢下来了。

浪漫得让人想谈场甜甜的恋爱。

还记得整个欧洲旅行，都沉迷于电话粥，

分享美景，聊彼此的兴趣爱好，

计划着第一次见面，挑选第一份见面礼。

暧昧让人沉醉迷恋，那份想在一起的心变得蠢蠢欲动。

可只有爱情的生活该怎么继续，没有面包会饿死啊！

最终，爱情变成了生活的累赘。

27

烟花

小时候最期待过年，不仅仅是因为有很多美食，

还有最爱的烟花。

周杰伦唱到：烟花易冷，人事易分，

可少年的我怎么会懂那么多道理呢？

慢慢长大，道理懂得再多，

可依旧逃不过命运的捉弄。

28

旅行

心情不好的时候，很喜欢去旅游。

最常去的就是海边、山野。

抵达目的地，行李箱一丢，

推开窗，海天一色也好，云绕山雾也好。

间有鸟声鸣鸣，

便觉得，

万物可爱，人间值得。

大自然的美景真的可以治愈一切。

29

秘密

每个人都有回不到的过去，

和隐藏在内心最深处的秘密。

每个人也都是从不懂事到慢慢懂事。

如果在年少轻狂犯过错误，是值得被原谅的，

没有人会预测未来，也没有人会每件事都做对。

对与错也没有一定的标准，

每一步都是成长的印记吧！

每当别人看到我手臂的文身，都会用诧异的眼神问我怎么想的，我都一笑而过。

在青春期的时候，一切没有尝试的事情，对我来说充满了诱惑。

新鲜事物都会想去试一下，这样的人生才充满了乐趣啊！

季节变换，春夏秋冬，原本没什么好期待的。

所有的期待，也都会被这个便利发达的网络时代迅速满足。

什么都可以限定，

连爱情，都可以加上期限。

喜欢的东西保留一个季节，就好似很了不得的奢望。

这样看来，加上期限，也没什么不好。

分手时从不拖泥带水，也不哭哭啼啼。

不是冷漠无情，只是习惯坦然的接受一切。

四季轮回，年年皆遇，

人同人之间想念的何尝是季节，

多半是某段季节中的某个人。

思念说不出口，便成了我最想念的那一年。

31

致青春

最爱李宗盛《晚婚》：女人真聪明，一爱就笨。

往往爱一个人，有千百种可能。

李宗盛真是一针见血。

很多人问："你为什么单身？"

因为我在等世上唯一契合的灵魂。

有时候真的不敢相信马上三十岁的自己，

却像个二十岁的少女一样踏上了追梦的路上。

身边的朋友、同学都谈婚论嫁，生儿育女，

过着安稳平淡的日子。

而时间让我长了年岁，

却没有让我成为一个这个年龄该做到事的大人。

曾经的我以为，三十岁应该有一个美满幸福的家庭，可幸运
的是我是自由的。

我的灵魂是自由的，我可以做任何想做的事，

可以去实现未完成的梦想，可以再一次成长。

这条路充满了未知数，

可从来没有幻想过一定要有一个美好的结局，过程才是最精
彩的。

许渊冲先生说：生命不是你活了多少日子，而是你记住了多
少日子，要让你过的每一天，都值得记忆。

32

星
座

你会为了我去搜星座吗？

我会。

我会去查关于你的星座最忌讳和最喜欢的事。

在我喜欢的时候，我会去做任何你喜欢的事。

不喜欢的时候，连你的名字都懒得提起。

33

爱
啊

任性是爱，猜忌是爱，胆怯也是因为爱。

爱和被爱都是一件幸福的事，不幸的是不被爱吧。

那种你皱眉他都会心疼的人，一定是真的很爱你的。

在你情绪低落、不开心，

他会一直陪着你，这才是爱你的最高形式吧。

34

生命的回响

五月的大理，墙边的花开得很绚烂。

街边随处可见拾阶而行的摊贩，

小小的竹筐里挑着各色的玩意——头饰，染布，编织动物。

白族妇人脸上是不染世愁的笑，穿着传统的民族服饰，布料染得很好看。

头发花白的老人，安详地躺在摇椅上，喃喃自语。

还有几只可爱乖巧的小狗懒洋洋地躺在石阶上。

到了夜晚，可以听到狗吠，海浪，风声，

还有自己的呼吸，一切都静止了。

如果可以，想在这里待一辈子。

要记得
大雨中为你
撑伞的人

爱情心理学

成熟

幸福

自由

那些失去的人

破碎的爱情

一刹那的

憧憬那的喜欢

勇敢

怀疑

思念

变了

35

变了

很多人都说时代发展太快，这个世界变了。

变的不是这个世界，令人反感的也不是这个世界的丑陋，

而是越来越多的人学会戴着漂亮的面具活在这个世界里。

复杂的不是这个世界，是人心。

36

思念

初冬刚刚到来，便渴望一场大雪，更渴望有个人可以陪着过冬。

雪下的时候，思念更加汹涌。

原本念旧的人被生活已经磨掉棱角，慢慢地学会对每个人宽容。

白茫茫的大雪覆盖了整个世间，好像回到了原点。

所有的一切都不见了踪影。

37
怀疑

爱一个人的本性是难以躲藏的，无论怎么掩饰，

都会在突如其来的争吵中暴露。

毫无保留地爱一个人，可能到头来伤害的是自己。

我们擅长破坏、堕落、毁灭，

把好的事情变坏，把爱的人推开。

爱情到来时，

我们质疑，争吵，偏执，加上自卑。

这摧毁的本性，让我们和爱渐行渐远。

然而凡事你想控制的最终都控制了你，

不管怎么选择都会有遗憾。

任何感情都会慢慢变淡，有的人选择继续，而有的人选择离开。

即使你很在意这段关系，但不再强求。

38
勇敢

好朋友在餐桌上说，不是不愿为一个爱的人陪着他同甘共苦，

只是有时候，你做好了所有准备，对方却退缩了。

不是因为不爱，大抵是因为怕，

无法给所爱之人一个安稳。

或许我们都该勇敢。

相信爱情，如果有一个人值得深爱，当下就是幸福。

39

憧憬

如果遇到喜欢的人，会过什么样的生活？

不需要很大的房子，

所有世俗的欲望，都变得平凡与普通。

养一只小狗，一起遛弯儿，

天气好的时候，就一起在阳台看书。

手拉着手在超市挑选食材，

一起做饭、洗碗，相拥看电影。

散步时，有很多七零八碎的话可以讲。

心情不好的时候，他会逗你开心，给你拥抱，

摸摸你的头，说：乖，我会一直在！

喜欢的人在身边，踏实温暖，满心欢喜。

40

一刹那的喜欢

二十岁时，对于喜欢的东西，

是没办法掩饰的。

项链，一支口红，一件衣服，

快乐都能从心里溢出方圆十里。

遇到喜欢的人，仿佛想让全世界的人都知道。

可长大后，明白了，

喜欢不等于拥有，拥有也不一定幸福。

一刹那的喜欢，也仅仅是喜欢。

想明白以后，

要或不要，又有什么关系。

41

破碎的爱情

不管是爱情，还是友情，

未知的开始总是充满了期待，

但这种心存幻想的期待总是折磨着你。

林清玄说：

世间情为何物，答曰不可逃之物。

分手的原因总是很简单：你改不了，我忍不了。

爱的时候怎么都可以忍，

等到忍无可忍的时候，爱也在逐渐消失，

开始介意，开始无理取闹。

于是找分手的理由，

分手的决绝，让人怀疑当初的一切都是演戏。

也许有时候我们更爱的是自己。

42

那些失去的人

村上春树说:

你要记得那些大雨中为你撑伞的人,

帮你挡住外来之物的人,

黑暗中默默抱紧你的人,

逗你笑的人,陪你彻夜聊天的人,

坐车来看望你的人,陪你哭过的人,

在医院陪你的人,总是以你为重的人,

带你四处游荡的人,说想念你的人。

是这些人组成你生命中一点一滴的温暖,

是这些温暖使你远离阴霾。

我都记得,可你呢?

43

自由

有时候在想：自由散漫的我，是不是不适合谈恋爱？

不喜欢干涉对方的生活，

也不喜欢被对方干涉，

更不喜欢喋喋不休，

或是被强硬地塞入他的计划里。

不喜欢吵架、去解释，不喜欢二十四小时一直在一起。

我们都是自由的，不喜欢被占有，

不喜欢随时报道踪迹，更不喜欢无理取闹。

也许我适合一直一个人。

/ 44 / 幸福

幸福的定义是什么?

一百个人有一百种幸福吧!

父母总说知足就行了,

温饱无忧,平安健康就好。

很幸运生长在一个充满了爱和温暖的家里。

不管每一个选择是对是错,

父母总是在默默地支持着,鼓励着。

虽然很平凡,但是从来没有让我羡慕过任何人。

直到慢慢长大，遇到很多不幸家庭长大的朋友，

才意识到一个快乐氛围的家庭对孩子的影响有多重要，

孩子什么样就能想到父母什么样。

很幸运，父母是那种简简单单的人，

他们吃苦耐劳，善良本分，

能把我们兄妹四个人养育成人真的是很难，吃了很多苦。

姐姐、弟弟也都是善良踏实的本分人。

唯独我四处漂泊，让他们一直在担心。

好在我运气好，除了爱情，

其他的一直都比较顺利，

每次有困难都会有贵人相助，也许老天恩赐了太多，

所以情路一直都比较坎坷。

也许是自己性格原因，恋爱的时候会变得很无脑，

很容易放纵对方，迷失自己。

有时候得不到的偏偏去纠结，在一次次的被冷落、被欺骗之后，

开始顿悟，

真正的幸福不是有车有房有权有钱，

而是做喜欢的事，是和彼此互相喜欢的人在一起。

45

成熟

有人说成熟的标志是慢慢开始不喜欢发朋友圈。

有时候心情低落、难过痛苦的时候，

编辑了一大段，可最终设置成"仅自己可见"。

成年人的标志是学会隐藏自己的痛苦，笑着面对任何人和事。

没有什么避风港，没有感同身受，

难过的时候永远是自己。

人来人往，勿失勿忘。

要学会接纳每一阶段的自己，

即使你不够优秀，不够完美，不够努力。

决定不再见面的人就不要再见了，

决定放弃的事就放弃得干干净净的。

很多事，是你自己过于执念罢了。

真正的成熟是不再执着于爱与不爱，

而是努力让自己变得更优秀。

雷军 2021 年关于梦想的演讲说：最好的投资，就是投资自己。

最便宜收获、最大的投资就是看书，

读万卷书，行千里路，缺一不可吧！

46

爱情心理学

看过的一本心理学书，

认为爱情是成长中的自我完善的一次又一次尝试。

爱情在心理学书籍中被认为是一种代偿，

代偿成长中的缺失。

有人缺爱，有人缺钱，

有人既不缺爱，也不缺钱，缺少刺激，

他们在爱情中穿梭，带着有心或者无意。

爱情中的人们敏感，不管是男方，还是女方，

只要相爱着，就能很敏锐地察觉对方所想。

爱情使我们改变，做心甘情愿的事。

那些灵魂深处的缺失，

总是想从另一个人身上得到，

不管是精神还是物质，总是期冀一个人能慷慨给予。

没有得到的全得到，

仿佛这样，灵魂的空洞才有所掩埋。

世间没什么运气，
只有努力

关于
看书

执念
行念

受旅
伤行

成受
年伤
世年
界世
的界
平的
衡平
法衡
则法

真认
正知
放过
下

错认
过知

选错
择过

友友
谊选

异友
性谊
朋友
友

最异
重性
要朋
的友
事

47

关于看书

十几岁的时候看三毛、安妮宝贝，张爱玲，

极其羡慕她们笔下浪漫带着悲伤的爱情。

那时候就知道爱情不一定会有美好的结局，

所以更在意两个人在一起的过程。

在一起的时候，很怕对方许下天长地久的承诺，

更怕对方说你永远不要离开我。

未来不可预计的事情从来不去幻想，特别是感情。

美好的幻想总会破灭，

更喜欢踏实地过好当下的每一天。

二十几岁看王阳明才明白"知行合一"真正的意义。

而真正的良知是知善知恶，

还要学会为善去恶。

看稻盛和夫，才知道我们要不断提升我们的心智，

坚持努力，全力以赴，心存善念。

读《论语》，时刻谨记做任何事都要收敛，时刻约束自己。

孔子曾说：

君子九思：视思明，听思聪，

色思温，貌思恭，言思忠，

事思敬，疑思问，忿思难，见得思义。

读《道德经》，可能需要我用一辈子去学习真正的"道"——无为而无不为。

阅读真的可以让自己内心变得富足，也是自己最大的无形资产。

48

执
念

似乎每个人对西藏都有股执念，

并暗暗发誓：此生一定要去一次。

第一次去西藏，独自乘坐火车，

每一次睡醒发现对面的卧铺换了人。

有藏民拿着转经筒，有工人吃着泡面，

有学生在看书，有妈妈抱着孩子喂奶。

长达十几个小时的车程和高原反应，让人头疼炸裂。

抵达之后，伸手就能触碰到的蓝天白云，格外让人兴奋。

奔跑几步之后，头晕目眩，气喘吁吁，

原来这里只适合安安静静地待着。

夜游大昭寺，门口全是虔诚的跪拜者，

三步一叩，让人敬畏和感动。

所有困惑、难过、怨恨、不甘心，在那一刻全部放下了。

49

旅行

太爱旅行了，每去一个地方都会有好玩有趣的事发生。

在珠穆朗玛峰突如其来的暴风雪，

看到一对新人在拍婚纱照被感动到。

自驾游，在望不到头的 318 国道放声歌唱。

在纳木错湖边和藏民聊天，在洱海街边吃小吃。

在巴黎埃菲尔铁塔下，突然的暴雨把我和好友淋成了落汤鸡。

在卢浮宫里，跟认真写生的小朋友聊天。

在瑞士少女峰，为了拍美照，脱了外套穿 T 恤，

跑到雪山顶，差点感冒。

在埃及，走在金字塔上差点烫伤，

在红海浮潜偷偷尝了一口海水（超级超级咸）。

在亚历山大港湾，和当地人一起抽水烟。

在日本奈良，喂小鹿差点摔倒。

在马尔代夫，好朋友吵架彻底分手。

在马来西亚差点被大海浪冲倒，

在苏梅岛骑摩托艇掉到海里。

在印尼曝晒冲浪，在韩国大街吃串。

环游世界的梦想会慢慢一点点实现，

而陪我环游世界的你在哪里？

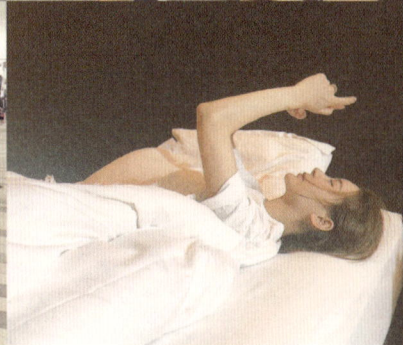

50

受
伤

受过伤的爱情，才是真正的爱情吧！

男孩子错过最爱的女孩子会变得无所谓，

女孩子错过最爱的男孩子会变得挑剔。

随便是因为都不是你，挑剔是因为都不如你。

年纪越大，越不相信真爱的存在。

去爱吧，就像不曾受过伤一样；

跳舞吧，就像没有人欣赏一样；

唱歌吧，就像没有任何人聆听一样；

工作吧，就像不需要钱一样；

生活吧，就像今天是末日一样。

不管受过多少伤，还是去爱吧，就像不曾受过伤一样。

51

成年世界的平衡法则

不管是什么事情，你选择什么，就要放弃什么，

得到什么，就要舍弃什么。

这是成年人世界的平衡法则，

只有制定自己的纯粹而坚持的标准，才能跟着信念走下去。

傅首尔说：你对人情世故的每一分通透，对爱来爱去的每一分豁达，

都是用失望换来的。

失望让你成长，受伤让你坚强，失败让你越来越努力。

如果生活很难，去和使你放松的人相处，

和让你欢喜的人见面，

期待每一天都有小幸运。

期待是一件很美好的事。

虽然离开之后，会度过一段很难熬的日子，但希望你能记得那些快乐的日子。

中途下车的人有很多，你何必耿耿于怀。

成年人的世界没有"容易"二字。

52

真正放下

真正放下一个人是什么感觉?

不是换头像,换签名,微信删了加,加了删。

而是像往常一样吃饭、睡觉、工作,

没有任何波澜,平淡得好像你没有来过一样。

偶尔听到你为我唱的歌,不再一遍遍地循环播放,傻笑一晚上。

原来不在意就是那一瞬间。

曾经会被那些低成本的付出感动得死去活来的自己再也不在了。

反而更在意一个人的谈吐、修养、阅历、情绪稳定,

你知道你不再需要那种惊天动地的爱了,

你更渴望的是一个懂你、保护你的人。

53

认知

很喜欢一段话：老鼠从来不会认为自己吃的东西是偷的，

苍蝇不觉得自己脏，蝙蝠也不觉得自己有毒。

在乌鸦的世界里，天鹅都是有罪的。

认知不在一个高度，很难达成共识。

成长过程、经历、教育都会决定一个人的认知，也是一个人认知的积累。

姜思达说：你可以一天整成一个明星，但你不能一天读成林徽因。

对自己有清晰的认知比什么都重要，换句话讲就是要有自知之明，

而很多人没有这样的认知，

过分的自恋，盲目的自信，假装努力，

结果不会陪你演戏。

/

54

/

错过

错过的人还能找得回吗？

念念不忘，必有回响。

可是你念念不忘的是他对你的好，还是你所谓的优越感。

有人幸运，兜兜转转还能回到原点；

有人遗憾，错过了就是错过了。

生活不是电影，没有剧本，没有彩排，

或许还有执念，偶然想起来都是酸涩。

不是因为没有机会，而是没有勇气重新站在你面前。

黄永玉老先生曾写道：

生活中最好的状态是，明确的爱，直接的厌恶，

真诚的喜欢，站在太阳下的坦荡，还有被坚定的选择。

不管我活成什么样子，都一定不是别人要求我活成的样子。

你不喜欢没关系，我喜欢就够了。

55

选
择

你喜欢抽烟，它却伤了你的肺；

你喜欢喝酒，它却伤了你的胃；

你喜欢她，她却伤了你的心；

你告诉我，为什么你喜欢的东西总
是喜欢伤害你呢?

是因为你喜欢了不该喜欢的东西和
人，还是他们根本都不值得?

喜欢是单纯的，只有不喜欢才会去
权衡利弊。

当你去选择的时候，就不用选择了。

TF 广告语：穷和敷衍要分清。

可是你却怎么也分不清爱和欲望?

你可以爱一个人到尘埃里，但没人
爱尘埃里的你。

56

友谊

其实在我二十五岁之前，每天想要的就是开心，不考虑未来，

彻夜 happy，做过很多疯狂的事，喜欢就付出，不喜欢就拜拜，

朋友很多，也很容易相处。

第一次焦虑是因为偶然遇到了一个工作事业很稳定且很努力的气质女孩。

不是很惊艳，但是很气质，给人很舒服，很淡雅。

她的朋友圈也是很干净，正能量不做作，突然发现这样的女人太有魅力了。

那一刻我想和她成为好朋友，我想变成她那样的女孩。

当然，我们成了无话不说的好朋友，

一起旅行，一起看书，一起进步。

当我左右摇摆不定主意的时候，她像一个天秤一样，帮我衡量利弊，不会个人主义。

当我有收获，开心的时候，她会替我开心，不会嫉妒。

当我难过、郁闷的时候，她会陪着我，安慰我。

我慢慢地改变，成长，除了稻盛和夫的心学，她对我的影响真的很大。

也许，这才是朋友的真正意义。

"我还记得第一次见你时，你爱谈天爱笑"

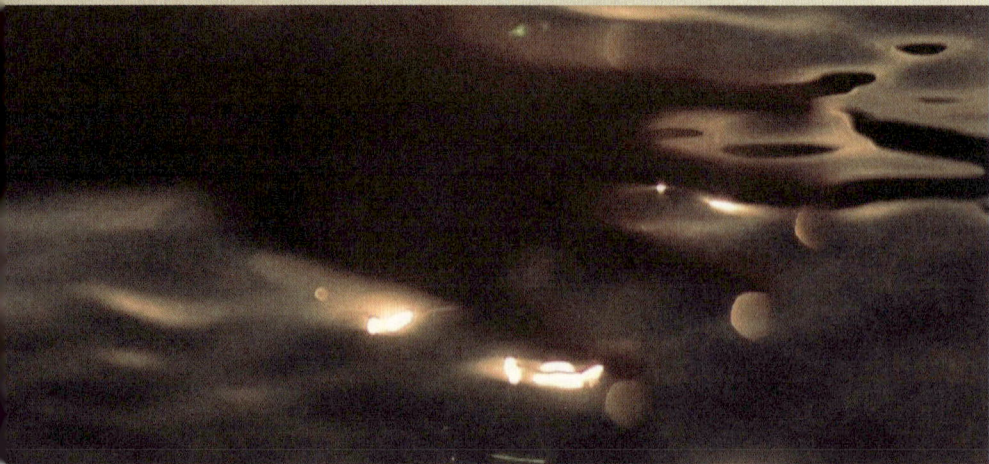

57

异性朋友

男女之间真的有友谊吗?

我喜欢选择比我优秀的人做朋友,因为他会指引你,帮助你。

而优秀的人身上特质真的蛮像的,

他们大度、宽容、执着、目光长远、严谨、不铺张浪费,尊重所有人等等。

我有几个异性朋友,他们身价不菲,可都喜欢简单的生活,

没有豪车,没有名表,穿着简单,喜欢帮助别人。

走路、爬山、学习、看书,过着健康的生活方式,善于给予而不是索取。

从他们身上一直在不断地学习。

很幸运身边有这些朋友做榜样,让我成为更优秀的人。

58

最重要的事

曾经参加一个培训班,做过一个实验到现在还记忆犹新,

老师让大家把觉得最重要的四件事写下来,

然后一件一件割舍,看看最后留下的是什么?

现场的悲伤音乐和氛围烘托,让最后难以抉择和割舍的人哭得悲痛欲绝。

我记得自己很快做出了选择,最重要的当然是家人和健康,

家人养你、照顾你,为你遮风挡雨,不管什么时候都在操心着你,

虽然他们文化素质不高,没有给予我们富裕的生活,但是吃饱穿暖,

给了我健康的身体和了满满的爱……

真正重要的东西是我们肉眼无法看到的。

6 第六画

有一种执念，叫放下

关于电影

独居之明

自知感格

孤独失

人间

方向

三时间

交集

孤独

暗恋

命运赠送的礼物

59

关于电影

看一百部电影就有一百种人生。

在心情不好或者压力太大的时候，最喜欢的事就是窝在家里看电影。

最喜欢文艺片、纪录片、爱情片、悬疑片还有动画片。

如果爱情不能圆满，只能说明爱得不够。爱能创造奇迹。——《恋恋笔记本》

我欣赏你所有的笨拙和疯狂。穿越不伟大，为爱而穿越才伟大。——《时空恋旅人》

如果再也见不到你，祝你早安、午安、晚安。——《楚门的世界》

无论什么肤色，什么体型，人们都是孤独的。但可怕但不是孤独，而是惧怕孤独。
其实孤独没有什么不好，真的。——《本杰明·巴顿奇事》

如果谎言可以这样美丽，我情愿活在谎言里。——《美丽人生》

一场内心的万物复苏。

曾发生过的事情不可能忘记，只不过是你想不起来罢了。莫贪吃，贪吃会变成猪。

——《千与千寻》

拯救一个人，就是拯救全世界。——《辛德勒的名单》

永远不要忘记你所爱的人。——《忠犬八公的故事》

永远善良勇敢，永远出乎意料。——《疯狂动物城》

死亡不是真的逝去，遗忘才是永恒的消亡。——《寻梦环游记》

真正的幸福是来自内心深处。——《怦然心动》

无法触碰的是人心。——《触不可及》

你以为你以为的就是你以为的。——《看不见的客人》

不知道从什么时候开始喜欢上一个人生活，安静、自在、舒服、自由。

当你遇到那个你以为的爱情，想全心全意地去爱时，

可那种谁都可以爱上谁的廉价感，

让你误以为是爱，疲惫不堪的关系让人很压抑，

慢慢失去了全心全意地爱一个人的能力了。

所有的热情都会在失望和等待中消失，无一例外，

特别是一次次失言和欺骗，不可原谅，无法容忍。

慢慢会发现，一个人的生活真的很享受。

别人不心疼你的时候，自己心疼自己。

别人不爱你的时候，自己爱自己。

累了就休息。

爱情没了可以再处，朋友没了可以再交，工作没了再找，钱没了再挣。

即使你什么都没了，你还有你自己。

61

自知之明

莎士比亚说：无论过去还是现在，演戏的目的都是要给自然或现实照照镜子，

要给德行看看自己的面目，慢慢看看自己的嘴脸，

给时代和社会看到自己整体的形象和受到的压力。

表演过火虽可博得无知观众的一笑，却会使有识之士感到痛心。

你们应该把后者的批评看得重于前者的满堂掌声。

人人都向往自由，可却被自己的欲望困于枷锁，很难看清自己。

没有自知之明是件很可怕的事，身边很多人都没有。

希望步伐一致的人早点相遇。

62

孤独感

安迪·沃霍尔说：一旦你不再想要某个东西，你就会得到它。
当你越想要的时候，它反而越不给你，命运就是这么难搞。

那些曾经被自己规划在未来里的人也都走散，不是对方不够好，
是那种被懂的心太难了，也没有那份真正替对方考虑的心。
懂比爱重要。
那种瞒着父母，瞒着朋友，自己承受着各种委屈，
晚上躲在被子里哭得泣不成声，白天还要以笑面对生活的感觉，
你有过吗？
生活本来就不易，不必苛求所有人的理解和认同。
只要自己开心，做自己喜欢的事就好了。
你要逼自己变得优秀。
只有你优秀了，一切都会变得越来越好。

63

人间失格

人总是在爱里有恃无恐，觉得自己被爱着，就有了任性的权利，

张扬、胡闹，肆无忌惮地在另一个人的底线边横跳。

人太爱试探，被爱着，又质疑着爱，多疑自己值不值得爱，

多疑对方给的爱是不是真的爱。

明明已经往对方的身边靠近了九十九步，最后一步却怎么也走不下去。

主动放手，似乎就能掩盖自己没有美满生活的勇气。

太宰治在《人间失格》中讲胆小鬼连幸福都害怕，碰到棉花都会受伤。

这种对于幸福的胆怯，以及对于爱的不相信，让人觉得可怜又可悲。

64
/
方向

曾经很长一段时间都迷失了方向。

有位智者说：方向如果错了，停下就是进步，不要做无用的努力。

就像你明明知道他不爱你，你却还要和他在一起。

不是因为他有多好，是因为他给了你别人给不了你的感觉。

慢慢你明白了，需要的不是爱情里的他给予你的安全感，

而是自由可控的生活方式，良性的财务状况，理性的生活观念。

你需要的不是他爱不爱你，而是你自己。

65
/
时间

时间会见证一切，好运和惊喜都会是你人品和善良的积累。

有时候不顺的日子可能持续得久了一点，

坚持了很久，很累的时候，我们再坚持一下。

工作之余，多花时间去看书、看展、运动、旅行，和朋友交流。

世间万物，有趣的事都会占满了你的生活。

你看似孤独，其实内心热闹的像拥有了全世界。

66

三观

曾经看过这样一段话：

无论你经历了什么毁三观的事，

看到多么毁三观的人，

你只要记住并提醒自己不要成为那样的人。

每个人都有自己的三观，没有标准，

不随意评价别人的三观就是最正的三观。

世界充满分歧，学会尊重每个人，

善良、努力、不攀比，不伤害别人。

两个人在一起久处不厌，相处不累，互相谦让才是真正的三观相合。

67

交集

年少慕艾，不懂相思，便不相思。

灯塔，远远望着，一点一点靠近着，却不是为自己而亮了。

在各自的人生走着，便没了交集。

再后来很久很久，大街上偶然遇到神情相似的人，

才想起有过这么一个人，让你对明天有万分期许，可最终没有出现在你的明天里。

68

孤独

我们独自出生，独自生活，独自死亡。

只有通过我们的爱和友谊，我们才能在一瞬间制造出我们并不孤独的错觉。

——奥森·威尔斯

每个人都是孤独的，

只是有些人善于伪装，有些人喜欢大肆宣扬。

而智者会在每个孤独的日子偷偷努力，慢慢变好，

悄无声息地做那些乏味但让自己变优秀的事。

时而懒惰，时而崩溃，时而清醒，时而后知后觉。

69

暗恋

明明知道不可能，可心动的那一刻你无法控制。

暗恋的苦楚，归根结底是没有结果，以及从一开始就知道结局。

喜欢的人距离你一米远，心就跳到加速，支支吾吾，躲躲闪闪。

少年的喜欢是胆怯，是犹豫，是不可触碰。

70

命运赠送的礼物

茨威格评论被民众送上断头台的玛丽·安托瓦内特皇后时，这样讲到道：

她那时还太过年轻，不知道所有命运赠送的礼物，早已在暗中标好了价格。

哪有什么不费力的人生，所有命运的赠送，都是暗中标好价格的礼物。

你所羡慕的一切，背后藏着多少不为人知的心酸与努力，没有命运随意的赠予，

也并非是突如其来的好运，一切都早有准备。

所有命运的赠送，
都是暗中
标好价格的礼物

感情完美写给女性朋友

回忆在细节里

爱在细节里

做自己就喜欢的事

不愿将自己

凌晨四点

好好爱自己

谢谢曾经

我的人

改变

爱

71

感情

每个人对于爱情都有不同的理解，所要的东西也不同。

有人寻求物质，有人寻求安全感，有人仅仅是寂寞的时候想有个伴。

灵魂的契合不是没有，只是太难遇见，于万万人之中，

遇见刚好的那个人，不知要多大的运气。

精神平等，灵魂相合。

/
72
/
完美

什么样的男生有致命的吸引力呢？

有趣、有礼貌、有内涵、干净、温柔有力量的人。

所以，一直在努力学习，如何做一个可以和这样灵魂匹配的人。

合适的两个人太难了，我想喝水的时候你正好递过来，

你饿的时候我正好把饭烧好。

女人不喜欢问题，男人不喜欢纠缠。

如果灵魂如此对味，即使你不完美，却是最完美。

73

写给女性朋友

写给女性朋友：

如果你刚刚二十岁，正在上大学，那就努力读书、学习、旅行，

去增长见识，多看看这个世界。

看得多了，自然不会被眼前的利益吸引，眼光格局自然也不会太差。

如果你二十五岁，正在期待美好的爱情和婚姻，那一定要选对人。结婚是一辈子的事，这个人的人品、格局、性格都至关重要，一定要和你爱的，也爱你的在一起。

如果你幸运的话，一定会遇到。

如果你三十岁还没有结婚，那一定要有一个为之奋斗一辈子的目标，并且一定要选择做喜欢的事，并坚持下去。

如果你四十、五十、六十岁，你可以留言给我一些人生建议！

如果我说得不对，你也可以不听、不看。

当然你可以随便发表言论，我会虚心接受。

74

回忆录

写这本书的时候，内心很忐忑。

因为知道自己的文笔不华丽，怕被吐槽，怕被人笑话。

可写着写着，觉得这是写给我自己看的。

记忆慢慢在退化，等我六十岁时，我至少还可以翻开这本书，慢慢开始回忆我的青春。

也许这本书没有带给你惊喜，但至少是我自己青春的第一本回忆录。

75

爱在细节里

有些相遇往往都不尽人意。

两个人最初暧昧的阶段是最美的，

总会想起对方，什么都想和他分享。

回消息的时候很是开心，

没有新信息的时候就会很失落。

可是爱在细节里，不爱也是。

一次次地被忽视和那飘忽的眼神，105度
的热情最终也会消散。

执着太久不仅难看，也失去了意义。

及时清醒，好聚好散。

76

做自己喜欢的事

无论你成为什么样的人，都会有人爱你或者恨你。

你没有办法让所有人喜欢，只需要做到问心无愧、不伤害别人。

坚持做自己喜欢的事，和喜欢的人谈恋爱。

多运动，吃健康的食物，不熬夜，早早睡觉。

要好好热爱生活啊。

热爱是坚持下来的理由和答案。

77

不愿将就

再怎么温柔的女子，秉性里总有其刚烈的一面，感情中从不愿将就。

很坦然地表达爱上一个人，不躲闪，不扭捏，

对于爱情，从来都是坦荡且热烈。

一个人奔赴一个人，是单向的勇敢，双向奔赴的爱情才更有意义。

两个人在一起，开心也好，吵架也好，

只要握紧的手不松开，一个人就能陪另一个人一直走下去。

可最容忍不了的应该就是不信任，

即使再爱这个人，一旦怀疑，就会一次次地伤害到这份感情。

握紧的手，一旦松开，就真的走了。

爱情不易，且行且珍惜。

可冷掉的饭，再怎么热，已经失去了最初的味道。

从不相信破镜重圆，将碎掉的感情一点点拾起。

修补好了的东西，再怎么都会有裂痕。

万物有裂缝，那是光照进的地方，那束光会指引你走向正确的方向。

78

凌晨四点

凌晨四点，我看见海棠花未眠，总觉得这时你应该在我身边。

无数个孤单的夜都过去了，慢慢习惯，慢慢喜欢，甚至开始讨厌有人在身边。
极其享受一个人的世界，做自己喜欢的事：看书，看电影，写书，吃零食，睡觉。
安静而美好，似乎不再需要任何人了。

不再去无用的社交，不再应付不想应付的人，不再熬夜，不再伤悲，不再觉得孤单。
一个人真的也可以很快乐。

79

好好爱自己

为喜欢的人做蛋糕，做饭，洗衣服，因为喜欢，什么都愿意去做。

陪喜欢的人做任何他喜欢的事，因为他，那些无聊的事也变得有意思。

每天最期待的事就是他的信息：

一句"想见你"，马上屁颠就跑去；

一句"以后不要再联系了"，哭了整整一夜。

好怀念那时候的自己，总是一不小心就把自己感动。

可是不爱你的人，怎么做都是多余。

好怀念那时候的自己，好像再也不会那样了，太爱一个人太累了。

好好爱自己，或者奔赴那个双向的爱情。

我爱你，胜过爱自己。

我也曾经这样爱过别人，直到分手我都无法释怀，

觉得对方这辈子再也不会遇到一个像我这么爱他、对他好的人了，

可他的冷漠、无动于衷让我慢慢放下。

直到我遇到一个这么对我的人，他的爱如洪水般包裹着我，

我无法透气，每一次的小心翼翼让我慢慢失去了好感，

不信任和怀疑导致我们最终分开。

那一刻，我才意识到曾经的我那么爱一个人是不对的，

没有了自我，让对方感受到的是压抑，而不是爱。

我很感激他这么爱我，为我付出，可我已经不是十八岁，

我需要的是自由、理解、信任、大度，

而一次次被人误解的感觉太难受了，如鲠在喉。

我感到难过，不是因为你欺骗了我，而是因为我再也不能相信你了。——尼采

谢谢那些曾经爱过我、对我好、为我付出的人。

真的谢谢，是你们教会了我以后如何去爱。

你们也一定会遇到更适合你们的人，祝你们幸福！

81

改
变

世人贪婪，总想寻找两全，但这世间难有什么两全之策。人生百年，不过是教人
如何取舍。

三观不同，性格不同，经历不同，一开始可能会灵魂彼此吸引，互相沉迷，

可时间久了，问题和矛盾不断冲突，就开始质疑自己的选择。

人，本来就是矛盾体，总是患得患失，总是想要更多，

总是只顾眼前，丢了西瓜捡芝麻。

在我二十五岁之前，我满脑子都是购物、happy、恋爱，

不知道学习、进步、投资自己。

可随着年龄的增长，接触了很多优秀的人，

慢慢开始看书、学习，

才发现一个人的内心需求是物质永远无法满足的。

再回头看曾经的自己，浪费的不仅仅是时间和青春，

还错失了很多美好的机会。

未来的每一天，都不敢浪费，

想把每一天都过得充实而有意义。

时间在流失，岁月划过你的皮肤留下的痕迹都在提醒着你，

要努力珍惜每一天的时光，对得起自己，善待身边人，

帮助有需要的人，睡踏实觉，吃良心饭，挣干净钱，

让自己的人生变得更有意义。

日子慢慢变好，
我们在慢慢长大

未来的他

纠缠

每一天都值得好好过

独一无二

美好的幻想

虚荣的本质

使命感的幻想

遇见另一个自己

别辜负每一刻的自己

执念

谢谢父母

谢谢我的粉丝

写给现在的我自己

致未来的我

82

未来的他

两个人互相喜欢是件很简单的事，

可是相爱能一直走下去很不容易。

那种不动声色的体贴和偏爱，默默陪在身边，

给你拥抱，即使吵架也不会摔门离开的人，

如果晚一点到，也没关系，我会等。

假如你是我的爱人，

我会接受你的所有以及你最不堪的一面。

我会陪你，让我们一起慢慢变好。

结局总是好的，如果不够好，那就说明还不是结局。

做你自己吧，总会有人因为是你而爱你。

时间很宝贵，一定要留给对的人，

那个人一定会陪你看全世界。

83

纠缠

能忍住不联系的人是不是真的不重要了？

不是不重要，是真的不爱了。

而那些不受情绪影响的也是因为不爱了。

曾经那份过分执着的情感，也在不爱的时候才想明白。

不是爱而是执念，是不甘心，是想得到。

如果他爱你，不会让你如此痛苦。

而最卑微的事就是爱上一个不爱你的人。

其实不喜欢任何人的那种感觉真好，

简简单单，轻松舒服。

世上美好的东西太多了，

把期望值降低，所有的相遇都是惊喜。

林徽因曾说：

如果你爱上一个不可能在一起的人，那么请不要纠缠他，不要伤害他，

就把他当作知己一样，倾诉心事，缓解情绪。

唯独不要再说我爱你。

请你一定要保持清醒，不管多么痛苦，多么思念。

爱是祝福，不是霸占。爱是快乐，而不是负担。

84

每一天都值得好好过

宇宙山河间的浪漫，人生短暂，每一天都值得好好过。

失去还是拥有，不大喜大悲，不急于求成，不必追求完美。

忠于自己，热爱生活。

85

独一无二

罗曼·罗兰说：

世界上只有一种真正的英雄主义，那就是在认清生活真相之后依然热爱生活。

不再一味坚持什么事情"我都能行"，

开始慢慢接受拼尽全力后的遗憾"我不太能行"，

以及面对讨厌之人、讨厌之事勇敢地表达"我想我不行"。

众生皆平等，你我皆平凡人。

每个人都是从宇宙中降临的一颗星星，星光闪烁，忽明忽暗。

也许真正的热爱生活，就是接受自己并不是那颗格外耀眼的星星后，

也依旧快乐地散发属于自己的光芒。

毕竟每颗星星都是独一无二的。

美好的幻想

王小波说：

那一天我二十岁，在我一生的黄金时代，我有好多奢望。

我想爱，想吃，还想在一瞬间变成天上半明半暗的云。

后来我才知道，生活就是个缓慢受锤的过程，

人一天天老去，奢望也一天天消失，最后变得像挨了锤的牛一样。

我觉得自己会永远生猛下去，什么也锤不了我。

直到快三十岁，我依旧奢望有美好的爱情，真挚的友谊，感兴趣的工作，

有大把时间自由娱乐的时间，

可我所奢望的每一样到头来都重重地砸烂我的脚。

很幸运出生在这个年代，你有更多的选择，可以去改变，可以去学习，可以去内化自己，而不是像父辈那个年代忍气吞声、默默接受命运的安排。

也许到了五十、六十，甚至一百岁，我还会奢望一切美好的事物。

你看，我还在幻想，这也是最好的奢望。

诺贝尔文学奖得主托尔卡丘克说:

爱虚荣的人是没有灵魂的。

一个思想深刻的人对世界有新的看法,

他不会以各种各样的说法对世界进行曲解,

而总是要还原它的本色。

而虚荣却要把世界当成它利用的对象。

它要吞噬这个世界,用这个世界来填补它的内心空虚。

这个世界总会被一些大声宣扬自己正义、善良、重感情的人给
欺骗,

往往大声嚷嚷的人是胆怯的,

而我总被这些看似真实的人所吸引,

这个世界真实的人太少了,遇到了,

我就会很用心去对待去珍惜。

然而最后被这种假象伤得最惨,

肆意的诽谤、谩骂、丑陋的嘴脸慢慢浮现,

三观尽毁,最终分崩离析。

原来我眼里那个最真实的人才最虚伪。

那一刻是难过的,曾经以为一万个人可能去伤害你,

而她却永远不会,那种对朋友的信任和自然感在那一刻崩塌,

也许你们本来就不是一路人,她只是一个过客罢了。

人生每个阶段都需要不同的朋友，在你努力、进步的时候，

如果有人愿意和你一起进步，一起努力，

那你们的友谊将会长存。

可有些人不愿陪你一起努力，总觉得自己很优秀，

等着天上掉馅饼，当她看到你有所成就，

就会羡慕、嫉妒，甚至觉得你的努力都是作秀，

其实在做一些不可见人的勾当。

嫉妒使人面目全非，使人变得如此丑陋。

心是脏的，看什么都是脏的!

而真正的好朋友是不会在彼此身上找优越感的。

88

使命感

努力帮助更多的人，让世界因为自己而变得更美好，
是支撑自己一直走下去的信任感和使命感。

总听别人的声音，很难做自己。
及时清醒，尽量做到事事甘心。
做不到，最好也要尽最大的努力。
慢慢理解这个世界，慢慢更新自己，
被爱的时候好好爱，没有爱也没关系。
谁伤害你或者让你崩溃并不重要，
重要的是什么？是谁让你再次微笑。
不要着急，好的总在最后，
慢慢欣赏沿途的风景。
你一定一定会成为你想成为的那个人！

不要在高兴时许下承诺，生气的时候不要回复，不要在伤心的时候做决定。

89

遇见另一个自己

2020 年的圣诞节,我离开了生活了七八年的北京,

搬去了没有朋友、没有任何交集的上海。

因为没有朋友,就没有时间去社交,

自然会有大把空余时间去努力工作、学习和思考。

苏格拉底说:

唯有孤独的人,才最强大。

开始写书也是因为孤独吧。

来到一个陌生的环境,似乎有很多感受,却无从可说。

毕竟没有人会花时间听你说废话,大家的时间都很宝贵。

每一个安静的夜晚独自在家,写写停停,看会电影,看看书,

早早睡觉,乏味又简单,轻松又舒服,充实又满足。

偶尔翻朋友圈,也会羡慕那些夜夜笙歌、不用计划未来的人。

不喝酒的我，有时候也很羡慕那些喝醉开怀大笑的人，

自己太无趣了，对于我来说，快乐的方式很简单，

吃爱吃的美味，看喜欢的电影，打一场高尔夫，和优秀的朋友交流等等。

当你独处的时候，你才会慢慢地学会认识真正的自己，才知道自己最想要什么的生活。

爱情、友情不再是必需品，

多为这个社会做贡献，做有意义的事，多帮助有需要的人。

去丰富自己，去学习，看书，从一件小事开始，从改变自己开始，坚持下去。

人真正的完美不在于他拥有什么，而在于他是什么。　　——王尔德

90

别辜负每一刻的自己

一个人知道自己为什么而活，就可以忍受任何一种生活。
——尼采

有时候无法改变现状是因为自己不肯努力吧，

梦想又多，能力却不足，愿意付出却无法坚持，

挫败感一次次地吞噬着你，

这些普通的日子把你的梦想一点点淹没。

总有一天，你会如梦初醒。

"从现在起，我开始谨慎地选择我的生活，我不再轻易让自己迷失在各种诱惑里。

我心中已经听到来自远方的呼唤，再也不需要回过头去关心身后的种种是非与议论。

我已无暇顾及过去，我要向前。"

——米兰·昆德拉

每个人选择新的生活是孤独的，

别辜负每一刻的自己。

随着年龄的增长，慢慢学会了情绪管理，那

些微小的绝望和痛苦都会默默打碎在肚子里。

总觉得一切都会过去，没什么大不了。

没人懂你的时候，就静静地享受一个人的生活。

被人诋毁和误解的时候，一笑而过，时间会是最好的澄清。

多出去走走，看看这个世界，你会发现更多有意义的事。

91

执念

柏拉图说：

人生最遗憾的，莫过于轻易地放弃了不该放弃的，固执地坚持了不该坚持的。

如果说让人无法释怀的事情，那一定是被误解和欺骗。

女孩子之间的友谊脆弱、复杂又可笑。

朋友总说我交友不慎，有时候真的是自己的问题。

当你对相见恨晚的朋友袒露心扉的后，

却才发现人家把你像傻子一样对待。

最怕的是背后捅你刀子的永远是你最珍惜的那份友谊。

人是很可怕的，特别是内心有缺陷、三观有问题的人。

曾经问过朋友，自己放不下这份执念是为什么？

朋友说你太珍惜友情，期望值过高，太重感情的人往往都会被伤得最深。

有时候，失去一份友情比爱情更让人痛苦吧。

在写这段文字的时候，我知道是我该放下了。

每个人都有自己的欲望、需求和不满，何必去斤斤计较，

即使伤害了我，想必她自己也会很痛苦，如果她的日子好过，

她也不会这样，想通了，自然就明白了。

原来不是一个世界里的人总会分道扬镳，不管是友情，还是爱情。

92

谢谢父母

列夫·托尔斯泰说：幸福的家庭都一样，不幸的家庭各有各的不幸。

我很幸运，出生在一个平凡而温暖的家庭里。

爸爸沉稳、踏实、善良、性格温和，妈妈勤劳、热心肠、善解人意。

小县城虽然小，但是人情味十足，爸妈的好人品使他们的生意蒸蒸日上。

日子慢慢变好，我们也在慢慢长大。

爸妈总是希望我快点结婚生子，

可是像爸爸这么优秀的男人真的很难遇到。

在每一次的任性决策之下，

他们都无条件支持着，陪伴着，鼓励着，包容着我。

感激老天对我的恩赐和眷顾。

谢谢爸爸妈妈以及家人们！

下辈子，换我来照顾你们！

93

谢谢我的粉丝

做自媒体两年，感激那些能一直喜欢自己的人，

一直觉得自己是一个很无聊的人。

性格内敛，安静，无趣，

很多人都说这样的性格不适合做直播。

可能是运气好，一直存活下来。

生活中很多朋友都对直播充满了好奇心：

为什么会给你送礼物？

都是什么人送礼物呢？

他们有没有过无理的要求？

你们私下会见面吗？

会不会选择他们做男朋友呢？

主播是不是都很无下限？

每一个主播遇到的每一个人都不同，

喜欢你的也可能因为你的外在、内在，或者单纯的寂寞尤聊，

也有可能是喝醉不小心上头，

但每一次相遇都是缘分。

每一个粉丝都是伟大的，

如果没有他们的支持，就没有我，要一直怀着感恩的心。

但网络世界又是一个极其复杂，人性裸露，尔虞我诈的地方。

它不断让你成长、让你进步的同时，

也让你学会怎么去看清这个世界的阴暗面。

在金钱利益面前，特别是虚拟的网络世界里，

每个人都能肆意妄为，每个人都会暴露自己最丑陋的一面。

其实能做好这份工作真的不容易，

四面玲珑，圆滑处事，小心翼翼，

看似没有套路往往是最深的套路，然而要学会这些，真的很难。

所以，很幸运，感谢那些一直陪伴我，帮助我的每一个人。

我会努力做好自己，不断学习，不断成长，帮助更多需要帮助的人。

做一个让你们值得喜欢的人！

很喜欢一首诗：

纽约时间比加州时间早三个小时，但加州时间并没有变慢。

有人二十二岁就毕业了，但等了五年才找到好的工作。

有人二十五岁就当上 CEO，却在五十岁去世。

也有人直到五十岁才当上 CEO，然而活到九十岁。

有人依然单身，同时也有人已婚。

奥巴马 55 岁退休，特朗普 70 岁才当上总统。

世上每个人都各有不同的时区。

身边有些人看似走在你前面，也有人看似走在你后面。

但其实每个人在自己的时区有自己的步程。

不用嫉妒或嘲笑他们，

他们都在自己的时区里，你也是。

生命就是等待正确的行动时机。

所以，放轻松，你没有落后，你没有领先。

在命运为你安排的属于自己的时区里，一切都准时。

所以，不要着急，你想要的都会有！

做好自己分内的事，好好爱自己，不浪费时间，珍惜生命。

要定期运动，吃健康的食物，维持好身材。

要看书、学习、思考，投资自己。

多与优秀的人交流，向他们学习，建立自己独立思考的能力。

即使难过、失落、挫败也没关系，

我们要坦然面对每一次经历，要学会与自己和解。

要踏实、低调、善良，

要谦虚、谨慎，

要勇敢、自信、坚强、自爱。

要去爱，善待和帮助有需要的人！

珍惜每一天，把每一天都过得有意义！

别贪心，我们不可能什么都有；也别灰心，我们不可能什么都没有。

95

致未来的我

如果有一天我迷失了，

做错事了，走错路了，看错人了，

我的家人，未来的爱人以及好友们，

需要你们及时指出我的错误，帮我迷途知返。

如果有一天，我的梦想实现了，

我会第一时间向你（家人和好友以及我未来的爱人）分享我的喜悦，

希望你也能真诚地替我开心。

当然你也可以和我一起同行，我们一起努力，改变命运。

我喜欢交朋友，也喜欢帮助朋友，

如果我们幸运的话，也会是一辈子的朋友！

未来的我、你要继续保持一颗善良、炽热、积极向上的心啊！

去发光，而不是被照亮。

愿你想要的都拥有，得不到的都释怀。

愿你一生努力，一生被爱！